자연은
천심이다

김영길 시집

시음사
시사랑 음악사랑

시집을 출간하면서

그동안 생활하면서 자연을 바라보며 산에 가면 나무들과 대화하고 싶었고 햇님과도 달님과도 공기와 바람과도 무언가 대화를 나누고 싶었습니다.
문학은 보이지 않는 자기의 사상과 느낌과 생각을 글로써 표현할 수 있는 자유의 마당이라고 생각합니다.
자연은 항상 맑고 깨끗하고 아름다운 꽃들과 나무와 가을이면 단풍으로 꽃단장을 하여 화려함을 펼쳐 보이며 인간들에게 무한한 기쁨과 희망과 미래를 안겨주고 신선한 공기를 마시며 마음껏 하늘을 우러러 가슴이 활짝 열리는 기분 좋은 느낌을 제공하고 있습니다.

이렇게 자연은 한 치의 오차도 없이 인간을 위하여 존재하고 그 많은 생활의 풍부함과 풍요로움을 제공해 주고 있고, 저 붉은 태양은 하루도 쉬지 않고 지구를 돌고 또 돌아 자기 몸에 지닌 햇볕의 만유인력으로 식물의 과일들에게 맛있는 고체의 진미를 듬뿍 담아 주어 당도든지 신맛, 단맛, 향기 나는 맛, 여러 가지의 인간들에게 삶의 터전을 제공해 주고 있음을 보며 자연의 법칙은 철따라 새싹이 돋고 꽃 피고 무성하고 열매 맺고 풍성한 알곡이 차고 넘치도록 자연의 순리로 돌아가고 돌아오는 의미와 이치가 완벽하다는 것을 느끼며 살았습니다.

이렇게 자연은 자연의 법칙대로 완전한 책임과 의무를 수

행하고 있는데 어찌 인간은 산속에서나 밤길에 만나면 자연처럼 반가움은 없고, 서로가 서로를 경계하며 섬 듯한 마음으로 놀래는 마음을 가져야 하는지 인간들의 관계가 자연의 관계처럼 포근하고 무한한 사랑의 풍기는 마음이 없는 현실임을 안타깝게 생각하여 왔습니다.

산소만 일 초만 끊어져도 인간은 질식하고 물만 며칠 못 마셔도 탈수로 죽어가는 힘없는 환경의 지배를 받는 인간이 되어 있기 때문에 이러한 산소와 공기와 물과 갖가지 생명의 요소가 조물주께서 항상 제공해 주심을 감사히 생각하며 살아야 하는데 너무나 흔하게 값을 내지 않고 숨을 쉬고 있으니 공기 산소의 고마움도 잊고 사는 것은 아닌지 모르겠습니다.

앞으로 정신과 마음을 가다듬고 보이지 않는 세계에 대한 진리의 법칙이 보이는 자연의 과학으로 나타난 이 현상을 보아서 자연의 순리의 결백을 찾아내고 살아있는 산 역사의 신비와 무한한 가치를 시를 통하여 발표하고자 첫발을 내딛게 되었습니다.

시인 김영길

♣목차♣

♣ 목차 ♣

♣목차♣

♣ 목차 ♣

♣ 목차 ♣

만학도의 교실

우리는 만학도 어릴 적 소년 소녀는
꿈도, 소망도, 희망도 모두 접어놓고
생업의 현장에서 못 배운 설음을
가슴에 품은 채

비바람 몰아치는 회오리바람에
이리 찢기고 저리 찢기고
남들이 모르는 설음의 발자취의
상처만 남긴 채 고달픈 지난
인생길을 걸어왔다,

다시 돌아갈 수 없는 소년 소녀의
세월의 강을 건넜지만 우리는 그래도
새, 소망의 배움의 길을 향하여
꿈을 이루는 행복한 학교에서
꿈을 이루어 간다.

오늘 배운 것 내일이면
머릿속에서 다 지워져도
행복한 마음으로
성적이 꼴찌가 나와도
그것 또한 행복하다.

가을 산 나무

사랑하는 나무야 지난겨울의 찬바람과
눈이 채 가시기도 전에 노란 연두색
새싹의 햇병아리 옷을 입고
새봄이 왔음을 알려 주더니

무더운 여름날에는 푸른 군복으로
갈아입고 온 천지가 녹색 천하의
웅대하고 웅장한 평창을 펼치며
위엄을 자랑하더니

그토록 푸르던 산이 가을이 왔음을
예고하는 듯, 아름다운 조국 강산에
온 천지의 나무들이 울긋불긋
색동옷 치마저고리 단풍 옷으로
단장을 하였구나!

그 아름다운 찬란한 꼬까옷도
차가운 겨우살이를 살아가기 위한
나의 몸을 유지하기 위하여
잎을 다 버려야 한다니
참 아쉬운 맘이 드는구나!

너희들이 꼬까옷을 입고 단장한
오색찬란한 아름다운 모습을
오래오래 감상하고 보고
싶은데 말이다. 그러나 일 년 후
또다시 볼 수 있는 내일의
희망이 있어 그날을 또 기다리련다.

생명은 다 같이 귀하다

하루살이 곤충은
하루를 살고 죽는데
긴, 세월 살다 죽는다고
하겠지만 인간이 볼 때는
하루만 살고 살아진다.

인간은 100세를 누리고 산다고
장담하지만 수 억 만 년,
실존님으로 살아 계신

조물주가 우리를 보실 때는
우리를 하루살이 인생으로
짧게 생각하시리라.

그런데 인간이 살아가는
삶 때문에 많은 생명들이
희생되고 있어 항상
가슴이 아프다.

인간의 생명의 에너지원을
확보키 위해서 많은
동물과 생물들의 생명을
앗아 가고 있지 않는가?

육지의 동물들도
바다의 고기들도
식물들도 모두
귀한 생명들이다.

이 세상 모든 생물들이
인간 무서워 하루도
편할 날이 없이 불안한
환경 가운데 살아가고 있다.

생명의 젖줄

이 세상 모든 생물은
성령의 생명의 젖줄을
먹고산다. 가늠에 단비를

내려 주심도 바로 성령이요
밤안개의 내리는 모든
반짝이는 영양소도 성령이다.

저 밝은 태양의 빛으로
만물을 소생케 함도
성령이요, 새벽 아침에
내리는 이슬은 진짜
약인데 금 같은 성령이다.

금 같은 귀한 아침이슬은
잡초나 생물들이 받아서
식물들의 얼굴에 짝짝

윤기가 윤택하게 반짝거리고
얼굴에 인간들처럼
화장품 바르지 않아도

이슬이 밤마다 내려서
반짝반짝 날마다 쉬지 않고
귀하고 귀한 이슬을 내려
주셔서 윤택한 식물들의

얼굴의 모습으로 살 수
있도록 하는 것이
하늘에서 내려 주시는
성령의 젖줄을 먹고
존재하는 것이다.

첫눈이 내렸네

눈이 내렸네
눈이 내렸네
내 잠든 사이
캄캄한 밤에
시커먼 골목길
밝히 시고자
눈으로 오셨네

눈이 내렸네
눈이 내렸네
고이 잠든 밤에
골목길 얼까 봐
하얀 눈 솜이불로
감싸 덮으시려고
눈이 내렸네

눈이 내렸네
눈이 내렸네
깨끗한 하늘나라
지상 위에 만들려고
하얀 솜털 눈을
이 땅 위에
내리셨네

눈이 내렸네
눈이 내렸네
저 높은 하늘나라
흰옷 입고 오셨네
때 묻은 이 공간
깨끗이 닦으려고
흰 눈으로 오셨네

눈이 내렸네
눈이 내렸네
하늘소식 전하려
소리 없이 오셨네
하늘나라처럼
깨끗한 세상 만들려고
흰 옷으로 덮으셨네

눈이 내렸네
눈이 내렸네
내리막길 조심조심
바람 친구 동행하여
지구 옷의 찌든 때를
흰 천으로 닦으려고
흰옷 입고 오셨네

인간은 빈손으로 오지 않았다

인간은 이 땅에 태어날 때
일과 월과 해를 타고
천문지리 진전에 운세를 타고
분명한 운명철학을 지니고 태어났다

우리 몸 안에 세부 조직망과
우리 몸의 체내의 수많은
기계들이 지금도 쉬지 않고
활동하고 있다.

온 세상 만물의 형상을 걷어
볼 수 있는 눈을 가지고
태어났고 온 만물의
진미의 향취를 느낄 수 있는
코를 가지고 태어났고

온 세상의 아름다운 소리와 말의
떨림을 들을 수 있는 귀가 있고
맛있는 음식의 진미를 맛볼 수 있는
혀가 있고 세상을 향하여
나의 마음을 전할 수 있는
입을 가지고 태어났다.

태어날 때 두뇌의 스마트한
체내의 과학적인 세부 조직망을
확실히 가지고 태어났지만
빈손으로 갈 뿐이다.

만학도의 개학날

천지지간 만물들이
화창하게 펼쳐지는
아침햇살 이 아침에
온 지구를 돌고 돌아
햇님께서 개학날이
밝았음을 알려주네.

헝클어진 정신 속에
마음가짐 정리하고
새로움에 새 맘으로
새 학기의 새 공부로
새로운 길 개척하여
새 희망 길 열리리라.

수 억 만년 변함없이
새 아침을 찾아주는
햇님같이 밝고 맑은
정신 속에 새 희망과
새 소망의 새 꿈꾸는
새 날들이 열리리라.

열대지방 한대지방
고루고루 돌고 돌아
만학도의 개학날을
알리고자 새 아침에
방끗 웃는 새 얼굴로
햇님께서 깨우시네.

만학도 사연

새 희망의 배움의 길
참다운 삶 찾고 싶어
가슴속의 깊은 사연
반세기의 세월 속에
배움의 길 향하였다.

겉모습은 오래되어
긴 세월의 나이테가
표나지만 속마음은
싱싱하고 젊은 청춘
소녀처럼 설렌다.

행복의 꿈 성취코자
꿈을 향한 학교 문을
두들겼다 하늘 높은
영광 속에 광명 같은
밝은 빛이 광채롭다.

폭염

숨 막히는 무더위에
얼음공장 사장님은
웃음꽃이 활짝 핀다.
찜통더위 계속되니
돈이 굴러 들어온다.

가마솥에 삶는 더위
팥빙수가 동이 난다.
빙수 먹자 모여드니
사장님은 신이 나고
금고에 돈 넘쳐난다.

무더위가 극성이니
아이들은 얼음과자
많이 먹고 배탈 나서
병원 가도 또 먹는다.
부모들은 야단이다.

무더위가 극성이던
그 옛날의 시골 밤은
집집마다 모닥불 펴
짙은 연기 숨이 막혀
모기들이 도망갔다.

자연은 과학이다.

해와 달과 별들이
천연의 컴퓨터로
조절 조성된
과학적, 논리 정연한
질서 정돈된
학문의 이치 속에
돌아가고 돌아온다.

천지지간 만물지중이
엄연한 첨단과학이요
물리학이요, 천문학이다
일획 일점도 더하고
덜함이 없이

확고한 논리 정연한
창조 창설의 극치를
자연으로 보여주고 있다

해와 달이 주고받으며
해는 일력으로 만물을
소생 시키며 모든 열매의
결실을 자유자재하고

달은 바닷물을 주관해주는
주고받는 과학적인
이치와 의미가 통문 통설의
자유자재가 완벽하다.

봄을 향한 기다림

엄동설한의 언 땅 속에서
아름다운 여린 꽃나무는
꽁꽁 얼어붙은 그 모진
한파와 곧 얼어 죽을 것 같은

고난의 세월이 닥쳐와도
오늘의 살을 베어내는 듯한
고통과 아픔이 참을 수 없는
극한의 환경이 몰아쳐도

또 참고 참아 온 힘을 다해
견디어 낸다. 그것은
이 고비를 견디어 내면
분명히 확실한 눈에 보이는
따뜻한 봄날이 오면

새싹이 돋아 날 쨍하고
해 뜰 날이 돌아온다는
희망이 있기에 냉혹한
추운 겨울을 견뎌
낼 수 있는 용기와 힘이
샘솟듯하였으리라.

초가을

계절은 초가을이라
부른다. 새벽은 가을
낮에는 여름 같은 가을
밤에는 초가을 날씨 같다.

가을인지 여름인지
새벽바람 출근길은
가을 옷
한낮 나들이 길은
여름 옷
저녁 퇴근길은
초가을 옷을 입는다.

환경의 지배를
받는 인간의 생활은
바람 따라 공기 따라
절기 따라 운세 따라

자연에 순응하고
순종하며 극복하며
스스로 복종하며
순리로 살아가는
인간의 모습인 것 같다.

인간은 환경의 지배인이다.

인간은 추우면 두꺼운 옷
더우면 얇은 옷
지진이 나면 무너지고
갈라지고 그 속에 묻히고
환경의 저항에 순응
순종하며 살아간다.

조물주는 환경의
권위자이시기 때문에
수면에 운행 자유하고
시간과 공간을 초월하여
모든 피조 만물을
주관해 주신다.

환경의 지배인으로
이 땅에 사는 인간의
모습은 힘없는
존재의 모습이요
자연의 폭발과
진동치는 지진의
회오리바람 불어오면
희생의 제물이 된다.

100세 시대라고 자랑한들
생로병사의 고통 속에
서로 쏘고 죽이고 내 땅 네 땅
금을 그어 놓고 철조망을 쳐놓고
지뢰를 묻어 놓고 침범하면
다리가 잘려나가는
참, 못된 인간의 모습이다.

자기가 만든 땅도 아닌데
땅 주인은 환경의 권위자
조물주이신데,
진짜 주인이 바라볼진대
참으로 어처구니
없는 일이로다.

인간은 본향을 그리워한다.

인간은 동서고금을 막론하고
누구나 아름답고 찬란한
그림 같은 집을 짓고
사랑의 온기가
차고 넘치는 그곳에서
살고 싶어 한다.

그러고 보면 인간은
모두가 타향에서 살고 있다.
내가 살고 있는 이 지구가
행복하고 아름다운
생로병사의 고통 속에
편할 날이 없는
고난의 연속이기 때문이다.

사는 동안 아프고 다치고
갑자기 쓰러지고 죽고
한 치 앞을 내다보지 못하는
무지한 인간들이 그래도
자기 본향이 그리운가 보다.

한 번도 가본 적이 없는
병마의 고통도 환경의 사고의
시련도 없는 곳을
자기도 모르게 항상
갈망하는 것은 내가 가야 할
살기 좋은 본향 땅일 것이다.

본연의 고향이
저 높은 무중력 상태를
또 지나고 지나 그곳에 있지
않을까? 본성의 발로에 의해
생각이 저절로
그리워하는 것 같다.

두 손녀 꽃나무

어느 날 연년생
선녀 꽃나무가
온 집안의 축복 속에
새 생명이 태어나

눈부신 광명의 광채와
빛나는 사랑의 온기가
온 가정에 차고
넘쳐흐르더니

세월이 지나 두 손녀는
이제 두 선녀 꽃나무로
무럭무럭 자라서
아름다운 향기 나는
꽃으로 만발하였네

온 집안에 꽃향기가
진동하여 그 향기의
진미 속에 기쁨과
사랑과 소망과 희망이
생동하는

원동력이 가득하고
생명력이 차고 넘쳐
노년에 두 선녀
꽃나무를 바라보는
기쁨 속에 인생의
행복을 느끼며
살아간다네!

가을 풍경

맑고 푸른 하늘에는
하얀 백옥 같은
목화꽃 흰 구름 꽃이
뭉게뭉게 떠돌고
바람 친구 동행하며
여유로운 하늘 여행을
즐기고 있네

구름꽃은 바람을 타고
바람은 꽃을 앉고
서로 사랑하듯
귓속말로 주고받으며
우리 영원한 친구가
되자고 약속하는가 보다.

바람은 구름꽃의
발이 되어 주고
꽃은 바람의
말벗이 되어주고
서로 상통 자유 하는
순리의 자연의 풍경을

만천하에 알리며
지상 인간들에게
아름다운 가을 풍경을
자랑하고 싶은가 보다.

네거리

네 갈래 길
사거리는
하루 종일
파란불 빨간불
교대를 한다.

파란 불에는
차도 달리고
저편 파란 불에는
사람들이 숨차게
걸어간다.

빨간 불에는
차도 정지되고
옆쪽 건널목에는
사람도 같이
정지하고 있다.

약속 이행의
거리는 순환이
물과 같이
순리로 흐르고

약속을 어기면
서로가 충돌하여
참극이 발생한다.
그래서 약속은
말 없는 소통이다.

자연은 인간을 사랑한다.

우리는 자연의 사랑을
고마움을 잊고 산다.
물이 없으면 목이 타고
태양이 없으면 암흑이요,

공기와 산소가 없으면
숨을 쉴 수가 없으니
죽을 수밖에 없다.

바람이 불어도 갖가지
눈도 불어오는 바람
눈서리를 내리는 바람
천지간 만물지중은
바람으로 존재한다.

공기와 바람과 수정기와
모든 자력이 일어나는 힘과
자석의 힘과 광선과 핵과
갖가지 천연의 컴퓨터든지
액체든지 모든 영양소를

높고 낮음 없이 기체로서
천지간 만물지중을 조절하고
저 우주에 만유인력으로서
빛으로 만물을 소생케
하는 힘을 자유자재하고
모든 열매의 알곡에

고체의 진미를 가득 채워
맛의 진가를 느끼게 한다.
궁창에는 전선이 쫙 깔려
수정기가 올라가 매달렸다

터지고 이동 진이 이동하고
저기압 고기압이 되고
해와 달이 주고받으며
자동으로 자유자재한다.

조물주의 아들딸은 죄를 짓지 않았다.

인간들도 자기 자식이
죄도 없는데 타락 죄를
덮어씌우면 명예훼손으로
고소하고 그를 응징한다.

자연의 법칙이 완벽하거늘
맑고 깨끗한 결백의 원천인
공간의 이루어진 첨단과학의
돌고 도는 자연의 진리가
증명해 주고 있다.

이상하게도 사람들은
저 높은 하느님의 아들딸이
죄를 졌다면 좋아하고
안 졌다고 하면 싫어할까?
참 이상한 일이 일이다.

어느 누가 자기 죄를
덮으려고 그분에게 누명을
씌운 것은 아닌지!
자연과학의 창조의 절대
불변의 원천의 완벽한
근거를 분석해 보아도

질서 정연한 결백의 법도가
분명히 살아 존재하는 한
있을 수 없는 일이다.
그를 발견하여 죄를
자백을 받아야 풀릴 것 같다.

인간의 삶은 죽음의 역사다.

즐거움은 살아있는
역사를 뜻함이요
죽음의 역사는 피부는
물 되고 고체는 썩어서
균이 되어 나간다.

창조의 피조물은
전부 완벽이기 때문에
거름이 되어도 조화체에서
또 균으로 발전한다.

이 땅에는 균이 저장되어
공중에는 공해가 심해
냄새가 고약하고 눈에
보이지 않는 균이 꽉 차있다.

괴로움과 즐거움이
상존하지만 즐거움은
바로 살아있는
역사 속에 살면서
마냥 즐겁고
기쁘고 쾌락의
낭만을 즐기는데

사랑의 쾌락이 무엇인지
모르며 살고 있다
술 먹고 방탕하고 춤추고
이런 것이 낭만인 줄 알고
사는 세상은 어지럽기만 하다.

자연은 참 진리의 스승이다.

우리는 나타난 결과를 보아
원인을 생각해 볼 수 있다.

하늘과 땅이 분명히 살아
있음으로써 모든 것이
힘으로부터 나타난 그 체와
체내가 완벽하게 흐르고 있다.

이 땅에 토색은 생물들을
생하게 할 수 있고
성분을 발휘해서 아름답게
성장시켜 조물주님의 힘이
안 간 곳이 없다.

천지간 만물지중이
다 화평하고 화려하여
무궁 무한하지만
알지 못함이 바로

어둠들이 빛의 광명 속에 살고
그 힘 속에 살고 있지만
그 힘을 알지 못하니 이것은
살아 있어도 죽은 자나
다름없는 인간의 모습이다.

천문하면 학문이요
모든 진문을 뜻함이요
진문 속에 모든 생존자들이
존재함이라. 힘을 주고받으며
자유 전진하고 모든 것이

풍족하고 풍부한즉 조물주의
무궁 무한한 순리의 가치와
진리와 법도를 깨달아야
할 것이 아닌가 생각해 본다.

저절로 오지 않았다.

사람도 높은 건물을
짓기 위해서 설계와
디자인을 오랫동안
연구하여 작품으로
세상에 나타난다.

말 한 마디에 그렇게 쉽게
창조 창작물이 도깨비
방망이 요술처럼
해야 나와라 바다야 나와라
등장할 수가 있을까?

조물주도 수 억 년
구성 구상하시고
설계도를 내어 한 점의
오차 없는 창조 창설
창극의 극치를 이루기
위한 전심전력을 다 쏟아

피골이 상집토록
연구하고 검토하여 창조
하셨다는 사실을 나타난
결과물을 보아 알 수 있듯이

이 우주의 과학적인
자연의 제도와 법칙이
참 맑고 깨끗한 결백의
결과로 나타난 피나는

노력의 수 십억 년의
구성 구상과 설계도에
의한 창작의 결과물임을
생각해 보아야
할 것 같다.

물 같은 낮은 자세

고체의 얼음을 녹이면
물의 본 성질을 나타낸다.
물을 끓이면 물은 뜨겁다.
불에서 물이 나왔기 때문에
본성을 드러낸 것이다.

물은 항상 낮은 자세와
겸손한 마음씨와 배려의
희생정신이 참으로
본받을만한 귀함을
지니고 산다.

물은 항상 낮은 곳을 향하여
분수를 지키며
내가 앞을 먼저 가겠다고
싸우지도 않고
저 바다 수 천 킬로 미터
밑에 숨이 막히는 압력이
거센 곳에도 서로 먼저
밑으로 내려간다.

작은 시냇물이 강에서 만나
새로운 친구가 되어
말없이 한 식구가 되고
강물이 다시 모여
바다의 소금물에서
살게 되어도 짜다는
불평 한마디 없이
오대양 대서양 태평양의

넓고 넓은 바다의
망망 대로를 향하여
태풍이 때리면
매를 맞고 불평의
한마디 없이 바람 부는
방향을 향하여
험한 파도를 견디며
살아간다.

추억의 여름방학

설레임과 낭만 속에
출발했던 여름방학
그 고귀한 시간 속에
새로움의 추억들이
우리들의 머릿속에
필름으로 감겨있다.

긴 세월이 지난 후에
추억들을 다시 한 번
회상하며 머릿속에
담겨있는 옛 추억의
필름들을 돌려보면
상상 속에 움직인다.

우리들의 머릿속에
활동사진 영상으로
생생하게 기억속의
추억으로 머릿속의
보물로써 고이고이
간직하고 살아있다.

한도 없이 계속될 줄
생각했던 여름방학
개학날에 어김없이
동쪽하늘 해님께서
방끗방끗 웃으시며
우리들을 깨우신다.

겸손

사회에서 공부를
많이 한 사람은
책 내용에서 자기를 찾아
겸손한데 대신에
교만이 있는 것 같다.

못 배운 사람한테
교만을 내놓으면
그게 바보다.
오히려 부모의
심정을 내놔야 한다.

못 배운 사람이
순수한 것은 몰라서
순수한 것이고
엉뚱한 것이 많음은
그게 무식이다.

많이 배울수록
순수하고 소박함은
참 아름답다.
소박에는 허물이
없는 것이고

부모의 심정이
겸비 되어 있는 것이다.
그럼으로써 아름답다.
귀한 곳에 뜻이 있고
영광됨으로써 항상

희색이 만면하고
얼굴이 항상 꽃처럼
활짝 피어나는
서로 도우려는 노력과
동심이 되어야 한다.

인간의 심보

수도인 들이나 도사들이
자기 상좌의 최고도의
도술은 안 가르쳐 준다.

왜 안 가르쳐 줄까
그 심보가 나쁘기 때문에
안 가르쳐 줄 것이다.

금술의 핵심의 한두 가지는
안 가르쳐 준다
자기가 죽으니까
그것은 제자가
다 해먹으니까?

제자는 스승을 부모처럼
받들어야 하는데
혹자는 스승을 죽여 버리고
자기가 쓸려고 하는 것을
스승이 벌써 알기 때문이다.

제자의 마음을 읽고 있는
도사는 벌써 손을 써서
탁 치기 때문에 꼼짝
못하는 것이다.

좋은 심보라면 다 가르쳐
줄 텐데 그래서 진실이
통하는 세상이 되어야 할 것 같다.

음양력

천연의 원심에서
천륜이 내렸고
천심에는 천륜의
천정이 완벽하다.
음양이 없다면
재미도 없고
천륜이 없느니라.

음양의 일심 정기가
사랑이요 음양력의
음양이 생명인데
숨 쉬고 살아있는
음양의 기가 발사한즉
기운이 확고하다.

정신 일도에서 정신과
일심 정기를 이룬즉
확실한 사랑이
솟구치는지라.

마음이 작용한즉
정신은 동하고
스스로 천륜의
사랑이 일어난다.

음양력은 음양의 생명이요
음양의 기가 발생한즉
일심 정기가 동하는지라.

음양의 정기는 바로
사랑인데 천지간 만물지중이
모두 사랑으로 묶여 있기
때문에 음양에 조화니라.

바른 길 따라

정신은 바른길로 인도하지만
마음이 듣지 않는즉
마음이 육신에 전달하여
육신이 옳지 못하게 행한다.

학문을 탐구한즉 몰두하고
정신력은 정신에 생명이요
마음력은 마음에 생명이요
정신의 기와 운이 발사한즉
마음의 기와 운이 발사하여
신기롭고 슬기로운지라.

정신에 속해 있는 것은
일심 정기요
마음에 속해 있는 것은
일심 일치라
정신을 갖추어서

정신 문을 활짝 연즉
밝은 광명같이
앉으나 서나
답답함이 없더라.

정신과 마음의 바른길 따라
순리자는 순리로 풀리고
순리가 정연함으로써
결백이 나타나고
마음도 청결해 지리라.

자연은 천문학이다.

천문학의 만유일력은
빛으로 만물을 소생케 하는
힘을 자유자재하고
만유월력은 고체를 내어
진미를 내주어 성장
시키는 힘을 자유자재 한다.

만유일력과 만유월력은
온기와 온도를 조절하니
기후가 받아서 천지간
만물지중을 조절하더라.

땅에는 만유이력이
있음으로써 생물들을 세워서
고체도 이루고 길러서
태양이 내려서 상통된다.

공기와 바람은 선도를 펴고
압력과 압축이 모두 겸비되어
나왔고, 자력조직망으로 돼있고
자석 진공 중력의 힘이
합류일치 되어 층과 층면이
중력의 힘이더라.

식물도 느낌과 감정이 예민하다.

사람들은 뇌사자를
식물인간이라고 한다.

식물도 바람이 불고
비바람이 오는 것
성령이 내리는 것

영양소를 자기가
빨아들이기 때문에
잘 안다.

민감하고 촉각으로
잘 알고 몸으로
표현을 하고 있지만

인간은 눈이 어두워
식물의 표현을

알지 못함이 어두운
정신의 인간의
모습일 것이다.

자연의 무형의 컴퓨터

자연의 무형의 컴퓨터는
무한정한 진도에서
정기를 내어 정기들이
순리 정연하고
자연의 법칙에 따라
이치와 의미가 완벽하게
흐르고 돌고 전류와
전력이 무쌍하다.

천문지리 진전에 운세로
자유 되고 때와 운이
모두 시간과 분초를
어기지 않는다.
생동하는 역할은
생의 정기요
정기는 힘이니라.

생과 힘이 주고받은즉
힘의 생명은 생이요
상대를 조성한즉
서로 믿고 통함으로써
자유인이 될 것이다.

자연을 보며 검토하고
관찰하면서 인간을 본즉
인간은 항상
살기가 충전하고

인간의 오향 정기가
살을 품어내는 것을 볼 때
자연의 순수한 이치와
순리와는 거리가
너무나 먼 것 같다.

자연의 인생길

자연은 소생하고 화창하고
확대되고 하늘 정기로
말미암아 그 운세 따라
절기가 변함없이
조성되는데 인간은
무지하여 소생도
모르고 산다.

잎 피고 꽃피면
봄 인가 보다 하고
가을에 거두면
가을 인가 보다 한즉
너무너무 무지가 아닌가!
그러므로 영원히
살 수 없는 인생길의
운명 철학이다.

좌청룡 우백호의
생과 힘이 서로
생동하며 놀라운
원료를 발사한다.
상통천문 하탈지리
이산이수 축지든지
축소든지

이런 재질을 배워서
사는 자도 자기
재주만을 위하여
도를 닦았기 때문에
모두 헛됨이라

왜 식물인간 인가?

식물은 이치와 의미에
맞추어 소생하고 화창하고
꽃 피고 열매 달려

가을이면 절기 따라 변함은
기후에 조절되고
온기 온도에 조절되는
천연의 과학적이다.

아침 동이 트면
모든 식물들이 정신을 세워
밝고 맑은 정신과

촉감과 촉도로서 감수하며
화평을 받아 희색이 만면하며
수총 같은 오향의 정기를 받아
화평한 은혜가 풍성하다.

식물들은 몇 시 몇 초에
동풍이 오는 도다
그 동풍의 영양소를 담아
살같이 확산되며
공급을 받으려고 한다.

폭풍이 오는 것도 잘 알고
땅에 진동 처서 자유함도
잘 알고 대비하지만

인간은 앞일을 일분일초도
모르고 사는데 왜 식물
인간이라고 식물을
비하하는가 반성할 일이다.

사람을 왜 흙으로 왔다 간다고 했나

흙은 화학에서 나왔고
흙은 신선하다 흙의
성분과 토색이 수천 가지로
요소와 조화가 가득하다.

생명체는 유전자의
음양의 사랑으로
생명이 탄생하는 것이지

흙은 물질이요
물은 액체이고
공기는 바람에서 나왔다

어느 누가 사람을
흙으로 왔다 흙으로 간다고 했나?
천만에 피부는 물 되어
없어지고 고체는 썩어
냄새나고 균으로 빠진다.

신선한 말 못하는 흙을
모독하지 말라
어느 경전에 등록된
글이라고 해서 무조건
따르는 것보다는

이치와 의미가 맞아야
현대 과학의 고도
고차원의 정보 사회의
품격에 맞지 않을까?
깨어있는 자가 되어보자.

자연의 이적 속에 살고 있다.

지금 이 삶도 우리는
천연자원의 이적 속에
살고 있다. 공기와
바람과 산소는 보이지
않지만, 현재 현실로서
우리의 생명선의 젖줄로
우리를 지켜 주고 있다.

우리의 생명선이 조절되고
유지되고 확장되고 확대되어
평청 평창을 이루어 놓은
아름다운 환경이 경이롭다.

이러한 공급선이 있어
귀한 생명의 양식을
섭취하고 배설하며
살아가는 인간다운
모습으로 살고 있다.

이 낮고 낮은 인간들에게
공의로서 공적에 공급의
은혜를 주시는 자연의
큰 공로를 알지 못함은
인간은 살아 있어도
죽은 자와 같다는 의미이다.

종교인들은 자연이 이렇게
충만히 주고 있는데
부자 되게 해 달라
손발이 닳도록 빌어만 대는
현재의 상황은 욕심을
버리고 사는 것이
현명한 인간의 모습일 것 같다.

순수한 효도의 마음

인간들도 부모님에게
지극정성으로 효도하면
부모가 알아서 재산도
상속도 듬뿍 주듯이

인간도 달라는 기도는
하느님께 삼가고
그분의 애로와 애쓰심에
감사하며 이미 주시는
귀한 복이 차고 넘치게
주심을 먼저 감사하자.

우리가 누구 때문에
생명이 있는가?
내일 내 사업 내 식구
내 출세를 위해 빌기 전에
그분께 감사하는
마음으로 살아가는

올바른 정신으로
살아간다면 빌지 않아도
그 마음의 진실의 정성이
하늘에 닿으면 세상에
공짜는 없으니 자기가

한 만큼 이루어 주시는
분이 조물주 하느님이실
것이라 생각하고 먼저
모든 식물을 먹고 마시며
은혜와 은혜 속에
삶을 먼저 감사하자.

아파트 담장에 핀 장미꽃

도심의 사람들은
얼굴에 항상 성난
인상으로 고민이
많은 듯 생존 경쟁의
삶 속에 축 처져있다.

그 피곤함과 일그러진
얼굴을 아파트 담장
가시덤불 속에 핀
아름다운 빨강 장미꽃이
사람들을 꽃처럼 웃는
얼굴로 인상의 모습을
바꾸어 놓는다.

가시나무 속에서도
빨강, 하얀, 노랑, 분홍
아름다운 꽃이 피어
자기들처럼 항상 웃음꽃이
필수 있도록 아름다운
마음씨와 미소를 닮도록
이끌어준다.

장미꽃은 항상
성난 얼굴을 웃는 얼굴로
찡그린 모습을 미소 천사로
우리들의 주름살을 펴준다.

볼수록 아름다운 꽃의
향기가 골목길을
풍기 우며 꽃향기에
취해 웃는 새 얼굴의
모습으로 변화시켜
주고 있다.

오봉산 등산 길

시월 셋째 주일 화천이
바라다보이는 오봉산
아침 일찍 가을 나무들이
아침 이슬로 얼굴을 단장하고
조용히 쉬고 있을 즈음에
온 사람들이 떼를 지어
산에 올랐다.

온 나무들이 울긋불긋
색동옷으로 갈아입은
광경을 보니 가을이
무르익어 가는 세월이
변해가는 계절임을
실감할 수 있었다.

천지간 만물지중이 자연의
이치와 법도에 따라 계절 따라
변하는 이치와 의미를 잘 알고
있는 듯, 온 산속에는 등산객으로
붐비고 있는 현실을 반기고
있는 듯 보였다.

다섯 봉우리가 반달형으로
오형제가 서로가 서로를
응시하며 주고받는 산의
정기가 힘을 발휘하여
외로움이 없어 보였다.

오봉산을 넘어 소양강
유람선을 타고 물과
산의 경치를 바라보니
산수의 어울림이 저녁
노을에 어둠은 시작되고
청평사의 불빛만 그리고
공양의 불공 소리만
울리고 있었다.

절벽 난간에 선 소나무

바닷가 높은 절벽 높은 산
바위틈에 버티고 서 있는
너 소나무야!
배 위에서 너를 쳐다보니
하늘에 떠 있는 구름도
닿을 것 같구나

회오리바람에 휘몰아치는
강력한 태풍에도
무릎을 꿇지 않고
눈 비바람과 칼바람의
혹한의 매서움도
이겨내는

너의 끈질긴 생명의
가치를 새삼 되새겨
보게 되는구나

가뭄이 계속되면
목이 타들어 가는
목마름을 어떻게
참고 견디느냐?

새벽에 하늘에서 내리는
생명수의 이슬로 세수하고
목을 축이고
이글거리는 태양의 뜨거운
고통이 오면

바람 친구가 구름 친구를
동원하여 네 몸에 습기를
발라 주고 가는 것 같구나

서산에 해가 지려고 한다.

햇님은 하루도 쉬지 않고
동쪽에서 아침 인사하고
저녁때는 서산의
산 너머에서 미안한 듯
저녁노을을 빨갛게
그리며 작별의 인사를 한다.

우리의 인생길도
점점 서산에 지는 해처럼
기울어져 가는데

할 일은 너무 많고 시간은
촉박하고 갈 길은 멀고
해는 서산에 지고
어둠을 헤치고 가려니
방향을 알 수가 없도다.

수 억 년의 세월 동안
하루 한 날 휴가도 없이
지상의 인간들과 생물들의
영양을 공급하기 위해
빛으로 광명을 비추고
소생의 힘을 주는
귀한 햇님이 눈물겹도록
고마울 뿐이다.

햇님이시여 노년기에
철이 들었는지 할 일은
많은데 햇님이 서산에
지려고 하니 때는 임박하고

분과 초를 어기지 않고
넘어가시면 우린
언제 남은 일을 할 수
있을까를 헤아려 주소서.

전통시장

삶의 아우성 소리가
쉴 새 없이 들린다.
전통 재래시장의
풍경의 외침소리가
소란스럽지만
그들은 삶의 몸부림이다.

우리의 사람의 정과
정이 주고받는 소통의
장이 바로 전통시장의
매력이 아닌가 싶다.

단골이라고 만나면
아줌마들의 수다 소리가
쨍쨍하고 물건을
팔고 사는 인연 속에
한 줌 덤으로 더 주고받는
인생의 삶의 인연도
함께 묻어간다

우리 어릴 적 시골
전통시장은 몇십 리
걸어서 쌀을 머리에
이고 판매하여
부모님 반찬에 올리고자
지게에 생선을 매달고
몇십 리 걸어 왕복에
하루를 보냈다.

이촌 향도 현상으로
세상은 도시화로
집중되어 모여 살지만
형태의 모습과 환경은
달라졌어도 사람의
정과정은 아직도
소통하고 있었다.

천륜을 버림은 사람의 도리가 아니다.

천지간 만물지중이 음양으로
화답하고 사랑과 은혜로
서로 상통 자유하며
주고받은즉 심산궁곡에
들어가면 좌청룡 우백호가

병풍처럼 펴 놓은 것 같이
명기와 정기가 서로
상통자유 하며 존재하고
호흡하며 맥박이 뛰고
명성을 떨친 아름다운
정경의 풍경이 나타나고

자유와 폭과 면적을 앉고
정기가 돌고 돌아
그 물중이 이루어져
심산궁곡에 들어가면
생수가 아주 절도 있게
향기 나는 냄새를 풍기며
졸졸졸 흐르고 있다.

해와 달이 주고받는
광명의 율동 속에 힘이
소생되고 활기차고
음양 지 이치로 주고받는
순리는 천륜이다.

무한정한 천륜의 천정의
은혜의 자유함이 차고
넘치는 천연의 원심에
천심이 동하는지라.

우주의 생동감의 힘의
원천의 생명력의
천륜의 천정을 느끼면서
천륜을 잊고 사는 것은
인간의 도리가 아니다.

소리

소리 없는 세상은 귀의
존재 가치가 필요 없는
암흑과 같은 세상이다.
영상은 방송되어도
소리가 없으면 영상의
재미와 내용은 아무
쓸모없는 그림일 것이다.

소리를 재료로 하여 인간의
눈으로 볼 수 없는 세계를
인간의 감정과 사상을 학문적
음악을 통하여 시간적 청각적
시대적 창작의 예술을 통해
찬란하게 단장을 한다

소리는 높고 낮음의 예술적
표현을 작곡을 통하여
조절하고 연구를 통한
수십 가지의 소리를 멋있게
가공하여 지휘함으로서
아름다운 창조적 표현의
자유와 가치를 효과적으로
감상하는 학문이다.

음악의 소리를 통해
과거와 현재와 미래를
통하는 인간의 시대상과
상황과 사상적 흐름을
찾을 수 있음과 동시

세계의 공통언어로서의
유일한 인간세계의
평화와 인류의 소통의
마당이다.

뒷동산

나의 어릴 적 뒷동산은
충청도 동네 안산이라는
기억이 난다. 뛰놀고
천진스러웠던 소년의
모습의 향기가 풍기어
오는 듯하다.

현재 내가 살고 있는
뒷동산 이름은 개웅 산
천왕역과 개봉동 오류동
주민이 아침 운동하러
모이는 장소이다.

이름도 성도 몰라도
아침마다 만나는
뒷동산 잠자던
산새들도 일어나
아침 인사를 한다.

뒷동산에 모이면
젊었을 때 한 가닥 하던
이야기꽃을 피우고
거기에 과장된 뻥튀기
내용이 가미 되어있어도
같이 웃고 즐긴다.

뒷동산은 유일한 새벽
아침 휴식처이며 주민들의
체력 단련장이다.
고풍스런 기와지붕에
팔각정 정자에 앉아

천왕산과 도덕 산
경륜장을 바라보며
도시와 산과의
어울림을 감상한다.

일자리는 정말 없는가?

우리가 청년 시절엔
모두가 험한 일자리였다.
구로 공단의 공순이들은
밤낮없이 재봉틀을 돌리고
인형을 만들고 약품 냄새와
고달픔의 연속이었다.

공돌이는 철공장에서
철을 염산에 담그고
녹을 제거 후 끝을 불을
달구어 뾰족한 모양을
만들어 다이스에 삽입
한 후 인발하여
마 환봉을 만들었다.

어느 때부터 인가 이 험한
일들이 외국 노동자의
일자리가 되었고
우리 청년들은 양복에
신사적인 일만 찾으니
그 좋은 일이 많지 않다.

일자리가 없는 것은
편한 일만 찾으니
취직을 못 하는 것이고
그 옛날 기성세대는
산업화의 험난한

위험한 일이 좋은
일자리로만 알고
오늘의 경제 대국의
기틀을 이룬 산업
역군들이었다.

노점상의 애환

노점상은 아침 일찍
일기에 관한 정보에
민감하다 비가 와도 놀고
거센 태풍이 불어도 논다.

날씨가 아주 좋아
노점상 자리를 잡고
물품을 제법 팔았다.
비가 온 날 바람 불어
쉬는 날에 대한
보답으로 수익을
보상받을 것 같구나

하는 순간 단속원이
도로교통법 위반이라고
경고하더니 물건을
압수하려고 하자
허겁지겁 도망쳐야 한다.

고달픈 인생살이 노점상
하기도 부끄럽고 서러운데
수입원이 없는 영세 서민은
어쩌란 말인가?

노인이라면 노령 연금도
받지만 젊고 노동력 있다고
생활비 보조도 없는데
취직도 안 되고 젊은이의
가슴엔 출발도 못하고
멍이 들어간다.

비정규직 알바 인생
너무나 억울하다.
젊음의 꽃 피는 미래의
앞날에 검은 구름을
벗겨 줄 수는 없는가?

이별은 슬프다.

이별이라 함은
만난 적이 있기 때문에
이별이 있을 것이라.

부부가 사랑으로 만나
수명이 다하여 이별은
사별이라고 한다.
살다가 분쟁으로
이별함은 이혼이라고 한다.

이렇게 부부는 님도 되고
남도 되는 양날의 칼을
지니고 산다.

청춘 남녀가 사랑을 하다
헤어지면 결별하는데
만남도 귀하지만 이별 또한
서로가 상처 없이 하는
참 좋은 묘안이 필요하다.

남북이 갈라져 가족과의
이별은 생이별이라고 한다.
철조망에 가로막혀

갈 수 없는 땅의 이별은
슬픈 역사의 이별이다.

부모와 자식의 만남은
필연적 만남이요
부모가 노쇠하여 떠나심의
이별은 불효의 한을
남기는 흔적만 가득하다.

자전하는 것은 힘의 원동력이다.

정신이 있으니 마음이 있고
음양의 요소가 있으니
조화가 붙어 재미와
쾌락과 사랑이 있고
생명이 있으니 힘이 있다.

피조물의 자연환경은
조화로 이루어져
초능력이다.

사해 팔방 힘 태가 설치되어
그 밑에 전류와 전력이
흐르고 돌고 돌아 생동하고
생동력이 넘쳐흐른다.

궁창에는 천연의 컴퓨터가
붙어 과학진문으로 힘의
판도와 판도체가 있고

힘은 반도와 반도체가
작용하고 힘의 원동력이요
세부 조직망이 율동 회전
하고 도는 것이리라.

자전한다지만 자전의 힘의
빛과 기둥과 통선 통문이
통설하고 통치 자유 함으로서

둥근 형에 사면에 깔려 붙어
힘을 냄으로써 둥근 지구가
돌아갈 수 있으리라.

궁창에는 힘 막이 설치되다.

천연의 컴퓨터에 숫자가
붙어 자전의 힘에
작동되고 절기가
돌고 돈다.

궁창에 올라가면 힘 막이
평창 되어 전기선이
펴져 있어 물방울이
올라가면 터지고
바람선이 선도를 펴

그런 형체가 자전하고
증발되고 공전되어
저기압 고기압이
동서남북으로
흐르고 돈다.

오색 찬란하게
무지개 발같이
방울같이
풍선같이 달려서
꽃같이 피고
꽃구름같이 되어

정기선이 펴져 있어
뜨거운 게 닿으면
터지는 것이리라.
이것이 초능력의 조화다.

생명의 힘 선이 설치되어 있다.

지구 공간의 생물의
생명을 유지함은
힘 선으로 힘 막으로
설치된 공간에서
공기와 산소와

바람과 보이지 않는
영양소가 공급되어
존재한다.

비행기가 비행하며
힘 선과 막을
끊어놓으면 천연으로
설치해 놓은 컴퓨터에
제어로 다시 이어 놓는다.

보이지 않는 무형의 힘의
선은 인간 눈으로는
볼 수가 없다.

피조 만물의 생명을 위해서
모두 창조 창설하여
생명이 있음으로써 온몸에
피가 돌고 율동 회전하고

살아 있는 것처럼
우리의 공간의 힘도
서로 작용하고
상통 자유 하며
천지간 만물지중이
생명을 위해 존재한다.

지구는 인간의 것이 아니다.

이 지구는 조물주 주인의 것이다.
저절로 온 것이 아니라 그분의
피와 땀과 전심전력을 다 쏟아
피골이 상집토록 노력한 증거가
천지 창조일 것이다.

공간을 창조하기 위하여
정신 마음 음양 생명 힘의
조목을 이루시고 거기에
핵이 붙어 핵 띠를 띠우고
힘이 발동기처럼 발동한다.

힘이 폭발하여 윙윙 왕왕
소리가 엄청나다.
자력선이 될 요소들이
공기 바람과 음양에 요소로

뭉쳐 웅대 웅장하게
통문을 세워서 통문의
힘 테들이 감싸고 있다.

산도 전부 선이 있어
맥박이 맥이 뛰게 하고
정기전과 정기가 활동하게
힘이 용솟음친다.

하늘 분들은 신선하고
고귀하고 초능력으로
진법으로 선을 펴며
축지도 하고 둔갑장술
축소하고 둔갑술을 한다.

투명 입체 공간에서
조물주는 힘으로 설계를
구조에 맞고 규격에 맞게
재료를 이루니 원문이
되었더라.

조물주의 생애의 공로가 학문이다

과학의 진도를 이룰 때
가르고 쪼개고 나누고

분해 분별하고 분리해서
조밀 도와 정밀한 밀도로
이룸이 완벽하다.

공간의 생물과 생명체와
과학과 생물학이 조물주의
것이다.

공간의 궁극의 목적이
확고하게 선명 섬세하다.

무에서 유를 창조하고
생명과 정신과 마음과
음양을 이루어

무형 실체에서 유형 실체의
초능력이요

공기도 핵도 정기도
정신도 마음도 초능력의
근원은 조물주로부터
확고부동한 것이다.

조물주의 생애의 공로가
학문이요 생명의 죽고
삶은 주인의 마음에
달려 있음이다.

과학에서 생물학이 나왔다.

과학의 원천의 근원에서
생물학이 나오고
불에서 물이 나오고

천문학도 만유일력으로
빛으로 만물을 소생케 하는
힘을 자유 자재한다.

만유 월력은 고체에 진미를
열매에 듬뿍 내주어
성장에 힘을 자유자재하고

만유인력과 만유 원력은
온기와 온도를 조절하니
기후가 받아서
천지간 만물지중을
조절하더라.

바람은 선도를 펴고
공기는 압력과 압축과
겸비되어 자력의
조직망으로 힘의
합류 일치가 중력의 힘이라.

산 역사는 공기 바람은
변치 않았는데 인간이
공해를 발생하여 고통의
책임을 면할 수 없다.

우리는 진공 안에서 존재한다.

우리는 커다란 진공 안에
살고 있다.
지구가 죄악의 인간들이
살고 있지만
자연의 이치로 이루셨다.

모든 기계체가 세부 조직망이
흐르고 돌며 조립되어
조직망으로 체계 조리로
지리는 지도가 판에 박혀
완벽하다.

지리학은 학문으로
토색의 성분이 수억 천만
가지 넘는 토색들이
시루떡처럼 체계로 된
학문이다.

공간을 창조한 분이
과학자가 아니겠는가?

인간은 돌멩이 하나도
만들지 못했으며
원료에서 고체가 된 것이
바로 돌이다.

근원을 공부하려면
조물주와 상통 자유
하는 길이 지름길이다.

살아 있는 역사 속에 살고 있다.

지구는 수 억 년 넘는
세월 속에 살아 있는
역사 속에 살고 있다.

생명선을 가지고 있고
우리 몸속에 공기 산소로
인하여 숨 쉬고 있으니
살아 있는 역사다.

수정기든지 화학이든지
생물학이든지 힘 속에
중력의 힘이든지

조물주가 창조해 주신
선물이다.
성현들이 오기 전부터
태양과 중력의 힘과

생물학과 화학과 과학은
변치 않고 있다.

인간은 맡겨 주어도
공기를 주관하던가
태양을 주관하던가

할 수 없는 피조물의
환경의 지배 속에
속한 무지한 인간들이다.

너무 많은 것을 받고만 산다.

공기와 산소도 무료로
마시는 자연의 풍부함에
한없이 감사하고

땅, 돌, 모래, 유리, 과일,
식물 등 부족함 없이
받고 산다.

인간 두뇌는 양쪽으로
갈라져서 생각해 내고
정신 마음 육체
삼위 일치가 조화를 부린다.

유관으로 볼 수 있는
수정체 동공이 있어
만물의 형상을 볼 수 있고

양쪽 귀는 소리를
들을 수 있는
전 파선이 있고

냄새와 진미를 거두어
계곡을 통해 코가 있고

구강이 있어 먹을 수 있고
혀로 맛을 보고
말을 할 수 있다.

중앙 아래에는 정표가
붙어있어 쾌락을
즐길 수 있는 음양의
조화의 상쾌 통쾌가
무한정하다.

기후와 기체가 상대 조성한다.

천지간 만물지중이
소생하고 화창하게
기후에 조절되고

기체에 조성되니
기후와 기체가
주고받는 귀한

상대성 원리가
무한정하다.

상대성 원리가
사람만 있는 줄
알지만 식물이나

생물의 내용이
활기차게 움직이지만
인간은 보지 못한다.

상대 조성을
올바르게 함으로써
존재의 가치가
영원할 것이다.

산 역사 속에서 죽은 역사를 알려한다.

아름다운 산 역사 속에
삶의 의미는 조물주의
힘 속에 산 역사에
살면서도

죽음의 역사를 발견하여
알려고 노력하니
어두운 머리를 가지고
인간의 역사를 알겠는가?

산 역사는 산도 물도
흙도 살아있고
화학도 생물학도
살아 있으니 존재한다.

참 정신세계가
무한정하게 윤곽과
두각을 드러내서
움직이고

놀라운 기적같이
멋들어진 광경이
신비하다.

가을 들녘

한없이 풍성함이
물결치는 황금의 벌판
벼 이삭이 누렇게

황금빛 송아지 색으로
가을의 풍년의
충만함을 말해 주는 듯하다.

계절은 일 분 일 초도
어기지 않고
봄에는 꽃이 피고
여름에 무성히 자라

가을이 되면 열매의
결실로 인간에게
보답해 주고 있다.

가을의 산 온 천지가
찬란한 한 폭의
그림에 병풍처럼

천연의 아름다운
가을의 단풍의 광채가
맑은 가을 하늘 아래
축복의 계절이다.

출근길

새벽녘 알림 종이 울린다.
오늘도 깊은 잠에서
꿈을 꾸는데
멀리서 종이 울리는 듯
희미하다.

마음은 기상을 하여
준비를 해야만
출근 시간을 맞추는데
내 몸은 천 근 만 근
무거워 일어나지 못한다.

가족들의 늦은 출근 경고
성화에 신속하게 번개같이
단장을 하고 전철역을 향해
힘껏 달려간다.

전철은 출근 시간
콩나물시루처럼 얼굴만
내놓고 숨 쉴 정도로

복잡한 출근길이 되어
출근 전 에너지를 너무
많이 소모하는 것 같다.

어머니

평생 살아도 우리 엄마
생각은 항상 머리에서
떠나지 않는다.

어릴 적 배고픈 시절에
당신은 배부르다 안 드시고
자식들은 꼬박꼬박
끼니를 챙겨 주시던

사랑이 충만하신
그리운 그 얼굴
다시 뵐 수는 없지만
그리움만 남아
눈물이 난다.

가난을 극복하고
자리 잡고 살만하니
모시려고 하였지만

뇌졸중으로 고생하시다
저 세상 가신 그 어머님

효도로 은혜를 보답하지
못 하고 세월은 가고
이 아들도 이젠 늙어가는
노인이 되어 갑니다.

아! 그리운 어머님이시여
그리움만으로 마음을
달래 봅니다.

고향 산촌

어릴 적 산골 산촌
고향은 산으로 둘러싸여
논과 밭에서 온 동네가
품앗이하며 서로서로
도와주던 옛 추억이
생각난다.

한쪽에서는 논에서
김을 매고 한쪽에서는
일하는 사람들의

피곤을 달래기 위해
사물 놀이패가 논에서
장구와 징을 치며

구성진 흥얼거리는
노랫가락에 흥이 난다.

지금은 농촌의 기계화
작업으로 볼 수 없는
광경이 지방 문화제
전국 대회에서 나

재현되는 모습을
볼 수 있다.

그때 그 시절은 시골의
인정과 사람의 인심이
정이 넘쳐흐르는

아름다운 인간 생활의
전정한 모습이었다.

아버지의 기억

어릴 적 아버지는 새벽
먼동이 트기 전 황소와
쟁기를 지고 새벽 논갈이를
아침까지 하시곤 오셨었다.

작업량은 오전 일 분량
이상을 하시고 오셔
또 일터로 나가셨다.

기계화가 되지 않았던
육십 년대 때는 소가
논과 밭갈이를 하던
그 시절 농경 시대는

모든 것이 인력으로
해야 하는 고달픈
생활이었다.

그래도 농자는 천하지
대본이라는 거대한
목표로 삼고 피나는
노동력으로 삶을 사시고
가신 농촌의 아버지들의
생활상이 떠오른다.

가을 동산

아파트 뒷동산에 올라
앞산을 바라보니
맑은 가을 햇살에
고운 단풍이 빛이 납니다.

빨간 잎 노란 잎 갈색 잎
단풍 색으로
물든 잎 새들
한 폭의 병풍 같은
그림처럼
아름답습니다.

낙엽이 떨어지는 소리가
바람에 휘날려 바스락
거리며 떨어집니다.

여름엔 잎으로 숨을 쉬고
나무들의 생명의
잎이 되었는데

추운 겨울나무 혼자만
살겠다고 잎을
버리는구나.

개밥에 도토리

어머님이 생전에
속상하실 때
내가 하늘나라 가면
너희는 개밥에
도토리 된다. 하셨다.

그때는 그 말씀이
실감을 할 수 없었다.

어느 날
자상하고 사랑으로
감싸 주시고
울타리가 되어 주시던
어머니가 떠나신 후
그 말씀을 이해할 수
있었다.

계실 때 안 계실 때의
하늘과 땅 차이의
수준을 실감할 적엔
이미 때는 늦었고

어머니께 잘 못해 드린
생각만 떠오르며
불효의 죄송한 맘

금할 바 없는 나날을
보내며 그리운 어머님
얼굴을 떠올려 봅니다.

단풍

매년 가을이면
단풍이 든다.
연례행사처럼
치러지는
나무들의 겨울 준비다.

따뜻한 계절에
잎을 통해 호흡을 하며
영양을 섭취하고
성장하더니

겨울 준비한다고
오색찬란한
꼬까옷을 입고

아름다운 모습으로
곱게 물들어
예쁜 얼굴을 자랑하네,

새봄에 새 나뭇잎
새싹을 다시
피우기 위해
겨울 준비 행사로
고운 단풍잎을
떨어뜨린다.

돌아온 가을

가을은 매년 돌아온다.
어떤 이는 쓸쓸한 계절이라
말한다.

또한 벼가 익어가는
황금벌판을 바라보며
결실의 계절
풍년의 계절
여유의 계절
너무 좋아 어쩔 줄 모른다.

쓸쓸함과 풍요로움이
교차하는 쌀쌀한
가을바람 때문에
쓸쓸하다고 하는가 보다.

민족의 명절 추석이 있고
부모 형제 모여
지난날을 회상하는

모임의 약속의 날이
정해져 있어
즐거운 가을이다.

가을의 석양 길

무성했던 무덥던
여름날이 가을에
쫓겨나가는 듯

가을 국화꽃이
만발하고 코스모스가
가을이 왔음을 몸을
흔들며 인사한다.

온 만물이 봄여름
피땀 흘린 결실의
열매를 거두는
풍성한 잔치가 열린다.

올처럼 가뭄이 심한
날씨에 땀 흘린
농부에게 보답하고자
풍년의 결실을
맺어주었나 보다.

인간의 본능

인간의 본능은 원죄와
연대 죄와 자기가 짓는
잡음 죄로 정신이
어둠 속에서 욕심내고
탐내고 오해하고 산다.

광대 광범한 마음을
가지고 있다면 천지간
만물지중이 하도 거대하고
거창하고 위대하고

완벽하고 불변 절대가
선명 섬세하게 이루어진
자연 세계를 학문 제도로

이루어 놓았기 때문에
인간의 마음이 학문 제도에
맞추어 깊고 넓고 높은
뜻을 받들어

상하가 분별 되어
자연과 통선 통문 하여
힘을 이용해 살 수 있고
나를 판단 주관 할 수 있고
주관 권위를 세울 수 있으리라.

중력의 힘

자력과 자석이
생동할 수 있는
진법을 쓰고 모든 힘이
합류 일치 복합적으로
체계 조리로 이루어짐이

세부 조직망으로 조직이
지층에 자력으로 깔려
붙어 있어 있음이
중력의 힘이다.

자연의 학문도 원리 논리로
펴져 가고 원문에서 본문
본문에서 본도, 본질은
질서를 유지하며

주독에서 주역을 펴 가며
육갑 술로 숫자 수학
1234로써 학문에 제도로
펴져 있다.

그러므로 지도가 펴져 있어
각 공간마다 일심 일치가
서로 통선 통문
문답할 수 있는
무한함이 완벽하다.

가을 하늘

맑고 푸른 드높은
하늘에는 하얀 목화솜
모양의 꽃구름이
한가로이 공기 바람 친구
동행하며 속삭이고 있다.

차가워지는 월동 준비를
위해 나뭇잎은 고운 옷으로
갈아입고 단장을 하였네!

색동저고리 색동 치마
며칠간 자랑 하더니
한 잎 두 잎 땅에
버려진다.

나무가 하는 말, 잎이
얼기 전에 버리려 한단다.

나무 자기만 살려고
버리는 것은 아니란
말이겠지

나무의 옷차림

나무는 봄에는 노란
옷을 입는다.
처음 나온 햇병아리색
새 옷을 입고 따뜻한
봄날 자랑을 한다.

여름에는 내가
씩씩하다고 자랑하려고
푸른 군복으로 갈아입고
단체 활동을 한다.

가을이 되니 겨우살이
준비하기 전 꼬까옷
고운 옷 단풍 옷을
입고 패션쇼를 하고
옷을 벗는다.

또다시 겨울이 지나고
새 봄날 새 옷을 입을 날을
기다리겠단다.

공간을 이용 한다.

인간도 공간을 이용하여
집을 짓고 살고 있다.

조물주님도 자연 세계의
당신 궁전을 세워 놓고
아들딸들이 집을 짓고
살고 있을 것이다.

조물주는 영이 아니라
실존에 실체를 지닌
동공이 광명이요
앉아서 전 세계 인간의
머리카락이 몇 개 인지
1초에 헤아리신다.

수면에 운행 자유하시는 분
이지만 인간의 눈은
정신이 어두워 볼 수가 없다.

원 죄와 연대 죄의 무거운
짐을 진 미개인들이
밝고 맑은 광명의 진실 된
결백의 위대한 분을
알 수가 없으리라.

밤나무

머리가 벗겨질 듯
따가운 햇볕에
밤송이가 입을 벌리고

농부에게 창고에
가겠다고 말하려고
입을 벌렸나 보다.

가을에는 군밤 먹는
재미가 겨울까지
계속되니 밤을

추수하는 농부의
손길에 웃음꽃이 핀다.

한 톨 두 톨 마대자루에
담아 수북하게 쌓인
알밤들이 겨우살이의
자기 집 저장 창고에
들어간다.

빛이 없다면

이 땅을 만드신
주인님께서
광명을 안 주면
빛이 없다면
어떻게 살 수 있는가?

태양과 빛과 수정기가
공기 바람과 서로
상통 자유 하여

천지간 만물지중이
음양 지 이치로
조화로 이루어진
사실이 증명되어

힘이 있음으로써
힘이 있고
공기가 있음으로써
공기의 힘이 있고

무한정한 핵심의
진가들이 일심
일치를 이루어

천문지리 진전에 운세 따라
때가 오고 무한정한 영광도에
참여할 수 있는 정신과
마음이 광대 광범하여
넓고 깊은 뜻을 간직함으로써
영광의 새 뜻이 완벽할 것이라.

가을비

가을비 한번 내리면
날씨가 싸늘해진다.

가을을 재촉이라도 하는 듯
가을비에 나뭇잎들이
바스락거린다.

온 천지가 푸르던
나뭇잎들이 가을비에
옷이 젖어 잎이
떨어지는 소리가
무겁게 들린다.

봄여름 잎은 나무를
살찌게 먹여 주었는데
가을비가 내리니

이젠 나무와 잎의 이별의
시간이 머지않음을
예고하는 듯하다.

아름다운 색동옷
단풍 꼬까옷을
벗기 싫은데

벗어야만 나무가 살아
봄에 노란 옷으로
갈아입을 수 있단다.

가을 길

무더운 여름의 푸른
군복 제복 차림이
너무나 싫증이 나서

가을의 빨간 색동옷을
입고 싶어서 가을을
기다리고 있었나 보다.

쌀쌀한 가을 날씨에
매미 귀뚜라미 소리
노랫소리는 살아지고

무엇이 급하여 세월은
빨리 가는지
봄여름 가을 겨울
세월 가는 구분하기도
바쁘다.

소크라테스

소크라테스는 자기 철학을
가르쳤어도 인간들이
너무나 어둡고
정신이 미개하여
믿는 자도 깨어나지 못하니

답답해서 너 자신을 알라
했을 것이리라.

그것이 명담이 되어
오늘날 진리가 되었다.

인간은 자기를 되돌아보고
반성하고 회개하라는
교훈일 것이다.

정신의 도를 갈고닦지 않고
멋대로 살면 안 된다는
평범한 진리를
실천하라는 의미의
말씀일 것이다.

결과를 보아 원인을 알 수 있다.

인간이 살고 있는 공간의
결과를 보아 원인을 알 수 있다.

자연은 하늘과 땅과 생명 과학과
모든 것이 영원히 존재하고 있다.

살아있는 자연의 역사 속에
인간은 백세 전후 질병과
사고의 불안 속에 살다가
죽는 역사를 남긴다.

조물주 작품의 자연은
영원한데
유독 인간만 죽어서
피부는 물 되고
고체는 썩어 균으로
진화되어 조화로 변한다.

본래 인간도 자연처럼
생존의 환경이 있으련만

죽는 역사를 만든
그 죄와 원인을 알고 싶다.
그래야 맺힌 매듭을
풀 수 있을 것이다.

우물 안 개구리

반세기 넘도록 우물 안
개구리였다.

청소년 시절
청춘이 가고
유구한 모진 세월이
지났어도

용기를 내어 우물 담을
넘어 학교에 나오니

양지의 밝은 태양에
새로운 세상이
보인다.

얼굴에 주름진 만학도
배움의 터전과 토대가
광명의 빛이 보인다.

고목의 말로

친구들과 오봉산
등산에 올랐다.

백 년쯤 된 고목이
서 있다.

생명을 다한 나무라도
모양이 아름다워

등산객이 사진 찍는
명당 장소가 되어있다.

저 나무는 바위틈에서
싸우다 지쳐서 고목이
되었는가?

생명은 다했어도
뼈대는 튼튼하고
형체는 아름다워

연인들과 사진의
친구가 되었나 보다.

단풍에게 물었다.

단풍에게 물었다.
너는 왜 단풍이 되었냐고?

내가 되고 싶어서
된 것이 아니라
기후와 기체가

찬바람이 불어와
바람과 공기 변화에
변했노라고 말한다.

이제 곧 떨어지면
발에 밟히기 전에
이별의 잔치를

베풀기 위해
단풍이 되었다 한다.

단풍 관광 단풍놀이
계곡마다 산마다
가을 한 철 사람들에게

사랑받는 기쁨으로
단풍이 된 것을
기쁨으로 생각한다.

한 줄의 이력서가 생겨나다.

만학도는 능력은 있어도
　　　기술은 있어도
　　　경험은 있어도

학력 이력서가 한 줄이라서
인정받기가 힘들었고
자리가 가시방석 의자만
남아 있다.

학벌 위주의 선입견이 능력은
있으나 차별받고, 무시당하고
업신 여기는 사회의 환경에서
숨어 사는 고통이었으리라.

이제 만학도가 졸업을 하니
학력 이력서 한 줄을 더
쓸 수 있는 여백이 생겨났다.

하면 된다 하는 신념으로
용기와 희망을 가진
실천으로 결과의 결실의
열매를 맺었으니

그 과정은 힘들었지만
결과의 광명의 영광이
보람찬 이력서가 될 것이다.

공간 이용

조물주는 공간을
이용하여 쓰기 위한
작전의 전술이라.

영원한 죽지 않는
능력자를 이루어
첫째 날을 정하여
실체 형상으로
나타나셨으리라.

주독에서 역술을 펴
구성 구상한 설계대로
이루심이 원료요

공간마다 웅대에 맞추어
웅장하고 확정하여
확장에 맞추어
확대 진문술이

평화로운 공의로써
높고 낮음 없이 생물은
생물대로 평화로운
세계를 이루어
존재함일 것이리라.

미꾸라지

가을의 논 물길에
미꾸라지가 놀고 있는
흙탕물의 세상이다.

맑은 물에 살도록
옮겨 놓아도

나는 놀던 물이 좋다고
흙 속으로 달려간다.

맑은 물에 노는 물고기
무리가 몰려오면 그가
흙탕물 구덩이를 만드니

그는 제집에서 앞이
안 보이는 흙탕물에
사는 것이 모두에게
편하리라.

만물의 존엄 자

천문지리 진전에 운세 따라
이 공간은 조물주의 것이리라.

아무것도 없는 데서
발효 발휘 발로하셔
입체 자유로 이루어진
형태가

구성 구상 하셔 질서 정연하고
조리 단정하게 조밀도로서
조를 지어 아름다운

정연한 밀도로서 초능력의
진가가 물체를 이루었으리라.

모든 것을 조화의 임의대로
자유자재하심이
조화체 이시리라.

공간마다 아름다운 집을 짓고
공간을 이용하여 생육 번성하여

존재인 이 존재할 수 있는
만물에 존엄 자가
현존하실 것이리라.

새 생명

새 생명은 신비와
조화에 음양의 사랑의
결실로 탄생되리라.

탄생의 기쁨과 축복만큼
더 기쁨이 어디 있으랴

첫 생명의 울음소리는
이 세상에 탄생했다는
첫 신고식이요

갇혀있던 엄마의 품속에서
세상에 나오니 깜짝 놀라
우는소리인지

엄마 얼굴 처음 보며 고마워
기뻐서 우는소리인지

첫 울음소리는 살아있다는
증거요
이 세상에 생명은 온 천하에
고귀한 단 하나의 자산이다.

나무

나무는 사람들의 친구이다.

봄에는 새록새록 노란
새싹이 돋고
여름에 나무 그늘을 만들어
쉬어 갈 곳을 제공해 준다.

가을이 되어 잎은
낙엽으로 천덕꾸러기로
미화원들의 힘든 일거리를
제공해 주지만,

그러나 나무는
겨울이 되어도
꽃이 핀다.

혼자는 꽃 필 수 없지만
눈 오는 날 눈과 만나면
아름다운 눈 꽃나무로

변신하여 겨울나무의
풍채를 자랑한다.

사람의 세부조직

우리 몸은 360혈로 되어 있다.
이런 맥이 골격이 마디마디
피가 튀는 것이다.

우주가 사람의 세부 조직과
닮아서 천지지간 만물지중을
거느리고 다스리며 가르치며
사랑할 수 있는 능력의 권능 자다.

인간과 상대 조성이 존재 인으로
살려면 자연의 법칙의
섭리와 법도를 볼 때
법률이 딱딱 붙어 이행되어

전개하고
자유하고
자재하고

잎 피고 꽃 필 때 절기 따라
봄여름 가을 될 때마다
변화를 일으킨다.

잡초나 식물을 보아 사람의
느낌도 올바른 정신으로
살자고 하고 싶다.

자연의 결백

자연은 결백하고
　　　순수하고
　　　우아하고
　　　찬란하고
　　　신선하고
　　　아름답고

무한정한 조화와
존재의 능력을 갖추어
권능을 베푼다.

이런 만족과 흡족을
지니고 기쁘고 즐거움이
떠나지 않는다.

그래서 자연을 만든
그분은 존재인이다.

인간도 본분을 지켜
이행하고 전개 시킬 때
능력이 완벽하여야 만이

진정한 자연의 법칙과
순수한 순리에 조화를
이루는 인격이 형성될
것이리라.

도시의 가로수

도시의 가로수 나무는
인간들의 휴식처요
늘 푸른 녹색의 아름다움을
제공해 준다.

그런데 나무는 살기
힘들어 몸살을 한다.

하루 종일 자동차에서
내뿜는 독가스 때문에
내 몸은 병들어 간다 한다.

나뭇잎에 새까만 흑연처럼
묻어 있는 오물이
코를 막아
숨 쉴 수 없다 한다.

그래도 숨이 막힘을
아는 듯 하늘에서 내리는
비가 목욕을 시켜 주는 덕에
숨을 쉬고 있다.

바람이 하는 일

봄에는 나무들에
바람선 이 가서 침으로
따닥따닥 뚫어 준다.

그 힘에 눈이 짝 벌어지면
밑에서 물이 올라오고
자연이 잎사귀가 펴진다.

이렇게 보이지 않는
바람이 하는 일을
유명한 생물학 박사도
모르고 있는 것 같다.

유형과 무형이 겸비된
공기와 바람 선을
이용해 땅에 있는
모든 힘 막을 이용하는
이치일 것이다.

자연의 무한한 힘의
가치는 조물주의 자연의
법칙에 의해 순리로
이루어질 것이리라.

꽃 피는 나무

나는 봄에는 꽃나무가 되어
꽃 관광 손님을 불러들이는
벚꽃 나무이다.

곳곳마다 꽃이 필
봄철이면 꽃 축제를
열어주어 인간들에게
고맙게 생각한다.

일 년 내내 꽃이 핀다면
한없이 좋으련만
수명이 겨우 열흘밖에
못 가니 아쉽다.

봄에는 사람들에게
아름다운 꽃나무가 되어
기쁨을 주고

여름이면 그늘을
제공해 주고
가을엔 낙엽 길 걷는 길을
제공해 주고

겨울에는 눈과 만나서
겨울 눈꽃나무로
즐거움을 주니 고맙구나.

철조망에 갇힌 호랑이

서울대공원 호랑이
집을 찾았다.

나를 쳐다보고 하는 말
인간들이 나를 가두어 놓고

교도소 생활을 시켜
답답해 죽겠다
호소한다.

나는 이 세상에 호랑이로
태어난 죄밖에 없는데

그것이 죄라고 가두어
놓았냐고 물끄러미
신세 한탄을 한다.

나도 저 푸른 숲 속을
달리면서 자유로운
세상에서 살고 싶다고,

인간들만 없으면
자기들 세상일 것이라고
생각하고 있는 것 같았다.

본분을 지켜라

인간이 자기 명예를
내기 전에 자기
본분을 지켜라.

그러면 명예가 나지 말라고
해도 명예가 나는 것이다.

자기 행함을 하지 않고
뽐내고 잘났다 해서
잘 난 게 아니리라.

남이 우러러 앙시할 수 있는
자격이 되어야 된다는
말일 것이다.

고도 고차원 고학문을
배울수록 행동과
상하를 분별하는
분별 자가 되어야

명예는 뒤따라 영원히
빛날 것이다.

강화 평화 전망대

눈으로 보아도 북녘땅
마을이 마주 보인다.

2.3킬로미터 거리의 고향을
쳐다보며 65여 년의 세월 동안
가보지 못하며

바라보는 마음이 아픔이
가슴 아픈 일이다.

날아다니는 새들은
경계선도 필요 없이
양쪽 땅을 오고 가건만

누가 바닷물 가운데
보이지 않는 금을 그어놓고
갈 수 없는 땅이 되었는가?

아~ 이것은 우리 민족만의
비극이 언제까지
계속될 것인가?
기약 없는 비극이다.

황산도의 저녁노을

서해의 강화
황산도 저녁노을이

산에 가려 햇님이
지평선 속에 잠김은
볼 수는 없지만,

산 위의 하늘로 붉게
노을에 반사되어

서산 노을이 용광로처럼
붉게 형성됨을 바라보니

변함없는 햇님이
내일 아침 정동진에서

만나자며 손을 흔들어
수인사하며 우리
마음을 달래고 있다.

햇님이 가시는 노정이
무사하길 빌어준다.

염치없는 인간

이 공간 조물주님은 인간에게
땅도 주고
공기도 주고
산소도 주고
바람도 주고
물과 흙도 주고

각가지 생물의 생존을 위한
풍부한 자연을 차고 넘치도록
주었다.

인간은 참 염치가 없다.
무엇이 부족하여
자기의 노력은 게을리하고

부자 되게 해 주세요
취직되게 해 주세요
우리 자식
시험 합격하게 해 주세요

입이 침이 마르도록
손이 닳도록 절을 하며
빌고 또 빌어 댄다.

빌기 전에 고운 마음씨로
남을 위해 공의 공적에
공급을 위해 좋은 맘으로

살면 자연의 순리로
풀리지 않을까?
나를 되돌아보자.

인간이 가장 귀한가?

공자는 하늘과 땅 사이
인간이 최고 귀하다
말씀하셨다.

그런 말을 들은 조물주님
정말 기분이 상하셨으리라.

내가 만들어 놓은
내 땅에 살면서
인간이 가장 귀한
존재라니

내가 없으면 인간의
탄생도 없음을
모르고 한 말씀이리라.

그것 또한 진리처럼
믿고 있는 인간들도

똑같은 무지의
산물은 아닌지
되돌아볼 일이다.

나뭇잎의 종말

약속이라도 하듯
갑자기 나뭇잎들이
삶을 포기한 듯
종말을 선포하며
떨어진다.

찬바람에 감기가
들었는가 몸살을
앓는 소리 잠을 못 자는
바스락 소리를 내며
떨어진다.

낙엽이 떨어진 나무는
몸체만 남아
떠나는 잎을 바라보며
아쉬움의 표정을 짓는다.

며칠만이라도 함께
더 있었으면 했는데
떠난다니 가는 잎을
붙잡지는 않는다.

내년 봄 만날 날이 있으니까?

몽당연필

우리 어릴 적
초등 시절은 쓰다 남은
몽당연필을 붓 깍지에
끼어 알뜰하게
사용하였다.

물건을 귀하게
쓸 줄 아는 시대적
가난 속에서 스스로
존재하기 위한
지혜를 찾았다.

요즘 초등학생의
환경은 물자가
너무 흔하여
반쯤 쓰고
버리는 것을 보고

정신적 환경이
헛틀어져 깨우쳐 주는
혁신적인 교육이
요구되고 있다.

돌고 도는 나뭇잎

비에 젖은 나뭇잎이
쌀쌀한 바람에
떨어짐을 보고
슬퍼하지 마라.

돌고 도는 바람 쥐
쳇바퀴처럼 이듬해
가을은 또 찾아온다.

봄여름 가을바람에
옷이 찢어지고
해어져서 새 옷을
주문하고 기다리는 것
같은 모양 같구나.

나뭇잎들은 해마다
새 옷 입는 재미로
새봄을 기다리는
희망으로

낙엽이 되어 나무뿌리의
거름이 되고 이불이 되어
겨울을 지내는 것 같구나.

지진

요사이 하늘이 노하여
진동을 치니 지진이 일어나

불에서 마그마가 터지면서
올라와 흐르는 것이다.

바닷물 속에서 불물이 터지니
물이 끓어 헤쳐 저 있는 것이다.

바닷물 속에서 진동을 치니
땅이 갈라졌다가
마그마의 용광로가
폭발되어 갈라지고

매몰된 참상을
자주 보게 된다.

땅 속에는 불물이 생동하여
흐르고 돌며 그곳에서
나오는 열기와 힘에 의하여

이 땅의 생물들이
존재할 것이다.

가을이 저물어 간다.

봄여름 꽃향기가
나비와 꿀벌들의
아름다운 향취에
꽃내음이 풍성하였다.

풍요로운 가을의 결실이
계절 따라 봄여름 흔적은
살아지고

사방팔방을 바라보아도
호화찬란한 단풍이 든
나무들의 아름다운
자태가 멋들어진
장관을 이루어 놓았다.

조석으로 찬 공기의
피부의 느낌을 느꼈다는 듯
차가운 겨우살이
준비에 쫓기는 듯
가을은 점점 저물어 간다.

제돌이

서울 대공원 제돌이는
그물에 걸려 잡혀 와
관람객의 돌고래 쇼에
재롱둥이였다.

양심적인 동물보호가의
덕택으로 자기 고향
바다로 돌아갔다.

얼마나 답답하였을까?
태평양 넓은 바다를
친구들과 떼를 지어
잘살고 있단다.

자기 혼자만 바다로
빠져나와 다행이다
생각도 하겠지만

친구 세 명이 지금도
사람들의 노예로 돌고래 쇼를
할 것을 생각하면

우리 친구들 불쌍하다
하며 태평양을 누빌 것이다.

새색시

애들아 가을 산에는
갓 시집온 새색시들이
모여들었나 봐

색동 줄무늬 무지개색
저고리 노란 옷고름
붉은 치마 옷으로
예쁘게 단장하였네

얼굴에는 단풍 색
연지 곤지 찍고
입술은 빨간색으로
화장을 하였구나.

예쁜 새색시의 얼굴에
고운 꽃이 너무 어울려
아름다움을 보고자

그렇게 많은 사람들이
산을 찾아 모여드니 전국의
관광 차주들의 얼굴에
웃음꽃이 활짝 피었다네.

무화과

나는 꽃나무가 못되어
꽃나무를 부러워한다.

하지만 그것 또한
내 운명인 걸 어찌할꼬?

꽃을 보여 줄 수 없다고
실망도 하지 말자.

나는 500년 된 정자나무다.
여름이면 온 동네 사람이
자리를 펴고 휴식을 취하는
그늘을 제공해 준다.

온 동네가 봄철에 나무야
고맙다고 온 음식을
차려놓고 굿을 하고

나의 만수무강을 빌어주니
수백 년 고목이라도 꽃은
피워주지 못할지라도

귀한 손님 대접받고
살고 있단다.

낙엽아 슬퍼 마라.

봄여름 열심히 햇볕 받아
영양을 공급하여
키가 크도록 키워 놨더니

가을이 되어 겨우살이를
위해 나무는 부득이
잎과는 이별을 해야 한다.

낙엽아 서러워 마라.

사람들이 밟고 다니는
짓밟히는 비참한
신세가 되어도
서러워 말아라.

너와의 인연을 잊지 않고
따뜻한 봄날에
새싹으로 탄생하여
보답하리라.

가을걷이가 달라졌다.

옛날 농경시대의 가을은
벼 탈곡하여 수확 날은
동네잔치가 열렸었다.

인력의 힘으로 탈곡기를
힘껏 돌려 벼를 탈곡하는
과정이 그 기계 소리에
새벽잠을 설치었다.

반세기 더 흘러온 오늘
가을걷이의 모습은
들에서 직접 기계화의
작업으로 소리 없이
추수를 하고,

뒤처리도 깔끔하게
처리된다.

인력의 힘으로 추수하던
그 옛날 그 시절
어떻게 해냈는지
꿈같은 생각이 든다.

꿈을 꽃피우자

서울 동작동 산기슭 정상에
꿈을 이루는 행복한 학교가
있다.

항상 배움의 장마당을
열어놓고 기다리고 있다.

문을 두드리라.
배움의 꽃 행복의 문이
열리리라.

배움의 길을 가는데
무슨 나이가 있나요?

빈손으로 와도
머리에 지식을 담는
그릇이 있으니 걱정 마라.

배움의 꽃을 이루는
학교 문안에 들어오면

무한한 영광의 배움의
아름다운 꽃을 피우리라.

봄에 부는 침 바람

봄에 부는 침 바람은
우리 몸속에 파고드는
기분 좋은 훈풍이다.

봄에 부는 바람은
침 바람이다.

각 나무의 잎이 나오는
눈마다 바람으로 때려
눈을 뜨게 해주는
고마운 바람이다.

천지지간 만물지중의
천연의 바람은
두꺼운 흙을 뚫고
소생하려는 새싹에

침구멍을 내주어
눈을 뜨게 해준다.

침 바람이 없으면
나무들도 소생하기
힘이 드는데 그 덕분에
소생하는 힘을 발휘한다.

축복의 봄비

봄이 오는 길목에
나무들이 눈을 뜨려고
녹두 알같이 새싹이
나오려고 준비한다.

어느 날 하늘에서
밤사이 축복의 비가
내리더니 약속이나 한 듯
아침 햇살에 푸른 노란
동산으로 변하였다.

밤사이 하늘이 내리는
성령의 약비를 먹고
한날한시
단체로 등장함은

차별하지 않고 모든
나무에게 은혜를
베풀어준 자연의
따뜻한 사랑일 것이다.

변치 않는 나무

사시사철 춘하추동
변치 않는 소나무가 있다.

곧게 뻗은 저 푸른 소나무
키가 아파트 삼 층 높이와
비슷한 듯하다.

봄여름 가을 겨울
늘 푸른 소나무야

다른 나무들은 겨우살이
위해 인정사정없이
저만 살려고 잎을
버리는데

너만은 잎과 같이 항상
변함없이 푸르게 사는구나.

인간들도 너의 들처럼
늘 푸른 변치 않는

굳은 절개의 불변의
모습이 된다면
얼마나 좋을까?

이별의 낙엽

가을이 되면 나뭇잎은
낙엽이 되어 떨어져
이별을 한다.

봄여름 내내 열심히
호흡하여 살찌게
키워 줬더니 나무는

내 몸을 위해 잎을
버린다.

그러나 그 이별은
잠시 겨울을 넘기면
다시 새 옷으로 만나자고

약속한 계약서가 있으니
잠시 결별한 것이리라.

자연은 돌고 도는
이치와 법도 속에
거짓이 없이 서로

믿고 통하고 정하는
믿음으로 사는 것 같다.

죽녹원

전남 담양의 죽녹원은
대나무가 모여 사는
대나무 집성촌이다.

하늘이 안 보일 정도로
웅장한 곧은 키가
정말 아름답다.

옛날에는 대나무
바구니로 이모저모
인간들에게 생활도구로
참 귀하게 사용했던
네가 아니냐?

전국의 사람들이 대나무
박물관 죽녹원
관광차로 모여드는데
늘 반가워하는구나.

너의 들이 사철 푸른
모습으로 비틀어진
나무 하나 없이
참 곧게 자랐구나

사람들도 너의 들처럼
참신한 곧은 사람들이
된다면 좋을 것 같구나

가을 소풍 날

만학도의 어린양들이
70대 60대 50대 3대가
서울 대공원 소풍 길에
나섰다.

하늘은 맑고 푸른 대자연의
가을의 향취가 무르익어
가는 시월 달이다.
소풍 온다는 소식을 미리
알아차린 듯 대공원의
모든 수목들이

새색시가 되어 고운 치마
저고리 입고 단장을 마치고
우리를 예의를 다하여

맞이하는 듯 공기도 시원한
느낌이었다.

만학도의 열정과 어릴 적
소년 소녀의 모습으로
시간을 거꾸로 돌리고
싶어 하는 순진하고

천진스러운 모습을
재현하고 파하는
마음을 달래
주는 듯하였다.

메타세쿼이아 길

자연은 순수하고
거짓이 없어 나무를
사랑한다.

담양의 메타세쿼이아
가로수 길에 아스팔트를
걷어내고 사람들이
걷는 길로 명소가 되었다.

삼각형 모양의
메타세쿼이아 가로수의
자연스러운 배경에

드라마 촬영지로도
아름다운 영상이
돋보일 것 같다.

사람과 자연이 조화로운
공존 공영의 길을 갈 때
나무는 사람을 위하여
존재하고

사람은 나무를 위하여
환경을 투자하는 것이
공존의 길이리라.

내일

우리에게는 내일이 있다.
미래가 있음은 꿈이 있다는
희망일 것이다.

오늘은 잘못이 있어도
내일이 있어 희망과 용기와

기대와 소망과 기쁨과
부푼 가슴으로 위로를 받는다.

오늘을 기반으로 내일의
미래와 결실이 맺어지므로
현실을 소중히 여기고

터전과 토대를 튼튼히
닦아 나가는 것이
가장 현명한 생각일 것 같다.

매일 오는 내일이 있다고
오늘을 헛되이 보낸다면

내일의 미래도 밝은 광명의
광채의 빛이 사라질 것이다.

슬픔의 군대 생활

뇌졸중에 쓰러진 어머님을
두고 군에 입대하였다.

전방부대 보초 근무하며
하늘에 떠 있는 달을 보며

우리 어머니 어떠냐고
물어도 보았다.
그러나 대답 없는 메아리였다.

어느 날 하늘나라에 가셨다고
관보를 늦게 받고 집에
도착하니 어머니는 산소에 계셨다.

하늘이 무너지는 슬픔이
많았지만 나와 결혼 약속한
아내가 먼 길을 물어물어

찾아와 나를 대신해 장례식에
참석하였다 한다.

그 시대는 관보가 늦으면
삼일장 인지라 이러한 일이
일어났는데 지금도 나에게

하고 싶은 말을 못하고
떠나신 어머니가 그리움으로
가슴속에 남아 있다.

정보의 환경

전철을 타고 서서 보면
모두가 스마트 폰에
고개를 숙이고 게임하고
정보 검색하고

드라마 보고 듣느라고
정신이 그곳에
집중되어 있다.

말 대신 글로써 현재
현실로 현지에서 서로
소통하는 정보화의
세계가 시간적 문화적
대중적 공간이 조성되는
것이다.

이제는 스마트폰 없이는
살 수 없는 현실이요
밤에 잠 잘 때도 옆에

끼고 자는 친근한
친구가 되어 있다.
그러나 과다하게
중독 증세가 되어서는
안될 것 같다.

한 알의 밀알

농부는 볍씨 한 알을 뿌려
가을에 한 되의 벼를 추수한다.

한 알의 밀알이 희생되어
많은 자손을 번식하여

풍년의 기쁨을 선사하는
그러한 마음이 우리에겐
참 교훈이 된다.

몇 평의 모판에서
넓은 광야의 결실을
황금벌판을 이룩해 주는
핵심의 볍씨야말로
거룩한 희생정신이다.

우리 인간도 공의의
공적에 공급을 위하여
위정자들이 밀알이 되고자
하는 마음으로

국민을 살핀다면
못 할 일이 없으련만
그렇지 못한 것을
너무 많이 보고 산다.

나무의 혜택

나무야 고맙다.
네가 없다면 산사태로
살 수가 없다.

바람이 불면
방풍벽이 되어주고

뜨거운 태양이 내리쬐면
그늘을 만들어 주고

가을이 되면 모두가
색깔 나무가 되어
산의 아름다운 자태를
빛내 주며

단풍놀이의 주인공이 되고
겨울에는 눈이 내리면
가지마다
눈꽃이 피어

겨울의 아름다움을
선사해 주는 구나
나무야 고맙다.

가을의 길목

가을의 길목 길에
그 앞에는 겨우살이가
기다리고 있다.

나무는 푸른 잎이
연두색으로 분홍색으로
새빨간 갈색으로 변한다.

나무는 벌써 겨우살이가
곧 다가옴을 기후와

바람과 기체와 공기를
통하여 미리 알고 있다.

매년 행사를 치르고 보니
해마다 오는 단풍으로
변하는 가을의 길목에서

인간을 위하여 눈을 즐겁게
기분을 유쾌 상쾌 통쾌 하게
제공해 주고 있다.

천심으로 살자.

자연은 천심을 닮아
진실한 곳에 순수가 있고
올게 행함이 소박함이요
소박함 속에 영원성이
겸비돼있다.

자연은 결백하고
숨을 쉬는 인간이
조물주의 공로는

공간이 증거로 나타나
의심의 여지가 없다.

물도 불도 나무도 공간도
사람이 만든 것이 아니요
만들 수도 없다.

공기 산소가 우리 몸에
꽉 차있고 생명선이 늘

어머니 젖줄을 쥐고
빨고 사니까
늘 공기에서 산소를 받아서
인간이 산다.

인간의 입에서 나오는 것은
독가스뿐이다.

자연과 인간의 조화

자연이 풍요롭게 우리를 위해
선사해 줌도 즐거움이다.

입이 있으니 밥을 먹고
몸이 있으니 옷을 입고
눈이 있으니 보고
오관에 눈썹이 딱 서서

비 오면 물이 흘러가라고
눈썹을 지어놓고

흑막과 홍박과 수정체 동공이
다친다고 눈썹을 세웠고

코에 비가 들어간다고
수염이 있고
귀에 잡티 들어 들어간다고
귀 막을 솜처럼 만들었다.

두뇌가 뇌파의 지능이 있어
오른쪽은 정신이요
왼쪽은 마음이요

육신의 가슴에 정기가 와
보는 것, 듣는 것, 말하는 것
수정체 동공이 천지간
만물지중을 걷어 넣고

소리를 귀문으로 넣고
말하고 코로는 냄새를
거둬 넣고 참으로 신기한
작품이다.

주경야독

그 옛날 긴긴 하루
보릿고개를 기다리다 지쳐
설익은 보리를 따다가

가마솥에 쪄서 새파란
보리 알맹이로 끼니를
이어왔던 그 시절

초근목피로 허기를 채우던
시절 배움의 기회를 놓쳐
너무나 긴 세월이 흘렀다.

그 배움을 이제야 실현하고자
낮에는 회사에 일하고 허겁지겁
달려와 5교시 수업 끝나고
집에 가면 몸은 녹초가 된다.

일해야 가정의 경제를 살려
순환할 수 있지만, 공부도
포기할 수 없는 근로자

만학도의 애환과 슬픔과
고달픈 연속이 쌓여 가지만
배움의 꿈을 하나하나씩

이루어 간다는 희망과
소망에 보람을 느낀다.

개구리 올챙이 시절을 잊었나?

해방둥이로 태어난 그 시절은
선진국의 원조로 밀가루 옥수수
헌 옷을 입고 겨울에는 두 끼를 먹고

봄여름 낮이 긴 날은 세 끼를
먹기에도 꽁보리밥으로
연명하던 시절이다.

개구리 올챙이 시절을 잊었는가?

지금은 끼니마다 쌀밥에 고기
반찬이 너무나 넘쳐난다.

음식점마다 음식물 쓰레기가
산더미처럼 매일 버린다.
아무리 형편이 낳아졌다
하더라도

과거의 선조들의 어려움을
교훈 삼아 근검절약하고

효율적인 소비자의 현명한
자세가 젊은 세대에 진정
필요한 것 같다.

사랑의 둥지

새들의 사랑의 둥지는
깊은 숲 속의 안전한 집이다.
사람들의 둥지는 행복한
가족이 있는 나의 집이다.

그러나 배움의 기회를 넘긴
만학도의 현실에 처한 학생은
학교가 사랑의 둥지이다.

사랑의 둥지가 있어
비빌 언덕이 있고 배움의
터전과 토대가 마련되어
벽돌을 하나둘씩 쌓아가는

단계를 소화함으로써
교육의 과정이 끝나면
사랑의 둥지에 따뜻한

온기가 차고 넘쳐 온 세상이
햇빛이 비치는 사랑의 둥지로
영원히 빛나리라

청소년과 만학도의 어울림의
한 가족의 배움의 장이
진정한 사랑의 둥지일 것이다.

징검다리

시냇물을 건너려면
징검다리 돌을 딛고
건너야 한다.

그 돌이 있기에 물에 빠지지
않고 냇물을 건널 수 있다.

가정에서 태어나 세상에
사회생활을 출발하려면
징검다리 역할을 하는 곳이
배움의 전당 학교이다.

유치원 초 중 고를 거쳐
대학 전문 과목을 이수하여야
하는데 징검다리가 튼튼하여야
온 국민이 물에 빠지지 않는다.

세월이 지나 만학도들은
징검다리가 없어 맨발로

물을 건너며 험한 길을
걸으며 유리에 찔리고

발에 상처가 나 이제야
치료되어 징검다리를
건너고 있는 것이리라.

행복의 무지개

먹구름이 낀 험한 날씨에
태풍이 불어 나무가 쓰러지고
요동치는 회오리바람이
지나간 후

개인 날씨를 예고하는 듯
무지개의 색깔이 햇살에
선명히 떠 있다.

우리의 노년의 선배들은
먹구름 속에서 산업화의
과정과 전쟁의 잿더미 속에서

일제의 탄압과 인권과
우리말의 말살정책으로
수난을 겪었다.

그러한 먹구름의 시대를 지나
쨍하고 햇 뜰 날을 맞이한 후
행복의 무지개가 떴으리라.

찬란하고 아름다운 무지개의
화려함같이 잘 가꾸어
항상 미래의 희망과 소망이

벅찬 가슴으로 꿈을 가진
생명이 살아 생동하는
모습이 되어야 할 것이다.

아스팔트에도 꽃이 핀다

산길을 깎아 흙을 다지고
도로를 내어 아스팔트 도로를
포장하여 자동차가 달린다.

아스팔트 도롯가에 바람에 실려 와
갇혀있는 들꽃 씨앗은 내가 살겠다는
희망을 버리지 않았다.

아스팔트 손가락만 한 구멍으로
밑에 있는 흙에 뿌리를 내리고
숨구멍을 찾아 줄기를 키우고
가을이 되니 아름다운 한 송이
꽃을 피웠다.

아무도 도와주지 않는 숨 막힌
죽을 것 같은 고통을 참고 견디며
뿌리를 내리고

한 송이 꽃을 피우기 위해 사선을
넘은 그 고귀한 생명의 강인함에
산 교훈을 얻는다.

아무 생각 없이 길을 걸으면
모르겠지만, 꽃의 입장에서
생각하면 얼마나 고난의 역경의
노정이 있었는가를 헤아릴 수
있으리라.

자연은
천심이다

김영길 시집

초판 1쇄 : 2016년 1월 18일

지 은 이 : 김영길

펴 낸 이 : 김락호

디자인 편집 : 이은희

기 획 : 시사랑음악사랑

인 쇄 : 청룡

연 락 처 : 1899-1341

홈페이지 주소 : www.poemmusic.net

E-Mail : poemarts@hanmail.net

정가 : 12,000원

ISBN : 979-11-86373-27-9